生井利幸
Namai Toshiyuki

賢者となる言葉
三〇〇篇

コールサック社

賢者となる言葉　三〇〇篇

目次

序文

生井利幸

「汝(なんじ)自身を知れ」、……この箴言(しんげん)は、古代ギリシア時代、即ち、紀元前7〜6世紀、七賢人（アテナイのソロン、スパルタのキロン、ミレトス学派の創始者であるタレスなどの賢人）が、デルポイのアポロン神殿に奉納した箴言であると伝えられている。

この箴言は、21世紀を生きる私たち現代人に、「自分自身を知りなさい」、とりわけ、「自分自身の『無知』を知りなさい」という如き、人間の叡智の礎(いしずえ)を教えてくれる。

私たちは、一定期間において一生懸命に勉強すると、「自分はだいぶ知識を得た。もう大丈夫だ」と考えてしまうことが多い。しかし、実際のところ、この考えは、無教養な人が抱く思い込みや勘違いだ。「真の学びの道に終わりはない」という見識から述べるならば、学問の道は、「学べば学ぶほどに『自分の無知』を知る」という、〝終わりのない学びの道〟である。

私は、「人間が生きることとは、毎日、学ぶことである」と捉える。では、人間は、毎日、どうして学ぶ必要があるのか。学ぶ目的は、「知識を得、教養を養い、より質の高い生を実現する」というところにあると、私は考える。

言うまでもなく、知識を得、教養を養う上で最も基本となる道具は「言語」「言葉」である。言葉は、「人間の鏡」である。この、「人間の鏡」とは、言うまでもなく、「一人の人間の真実を映し出す『鏡』」を意味するものだ。

では、ここからは、人類史という観点から「言語」「言葉」について考えてみよう。人間、即ち、「人類」は、この地球上に、今から約300〜200万年前に出現した。人類は、猿人から、原人、旧人へと進化し、約4万〜1万年前には、現在の人類と同種の「新人」（現生人類）へと進化した。国際社会において、教養人・見識者等が、しばしば、現在の人類をHomo sapiens（ホモ・

サピエンス）と呼ぶ。Homo sapiensとは、ラテン語で「知恵のある人」を意味する。そして、現代の教養人がこの言葉を使うときは、「人間」と「他の動物」を区別する意味合いがそこにある。

一般に、私たちが人間と他の動物を比較するとき、人間は、「『知能』(intellect)を使って知的に生きる」ことを生きる目的とすると捉える。一方、他の動物は、「単に、食べて生きる（生存する）」ことを生きる目的とすると捉えるものだ。

私たち人間は、知能を使う〝知的生命体〟である。私たちが知能を使うとき、最も重要な道具となるのが「言語」である。地球上の様々な言語は、人類の歩みと共に進化し、現在に至っている。

私たちは、自分たちの言語を、単にそれを使うだけでなく、「より知的に、より文化的に生きていく」ために、実に様々な工夫を凝らして使っている。私たちは、日々の生活にて、この「様々な工夫を凝らす」そのプロセスにおいて、

〝無意識のうちに〟、膨大な量の言葉と出会い、それらを学び、教養を養い、さらには、自分が他者に伝えたい事について、「妥当、且つ、適切と思われる言葉」を使って自由に伝えている。

先に述べたように、言葉は、「人間の鏡」である。今ここで、「言葉」について哲学すると、言葉は「人間存在そのもの」であると明言できよう。人間は、様々な言葉に感化され、言葉の力で、自ら改善・向上・発展していく存在者だ。

言葉には、これまでの人間が人類の歴史の中で経験してきた「様々な人間の生き方の様相・有様」が浸透している。一つひとつの言葉は、「人間の生き様」であり、「人間の命」である。このような観点から述べるならば、私が本書に書いた「300の言葉」は、すべて、「私自身の生き様であり、命である」といえるものだ。それ故、この本を手に取る皆さんには、私の命としての言葉を「自分の命」で捉え、皆さんにおいて「より良い生き方を見出すヒント」とすることを切望する。

紙の本に書かれた言葉は、本がある限り、永遠に生き続ける。これは、まさに、「言葉の命は、人間の命よりも長く生き続ける」ということを意味するものだ。

本書の３００の言葉を世に出すために、私、生井利幸が長年にわたって育ててきた弟子の内田美江子君が尽力した。これを一冊の本として出版するにあたっては、株式会社コールサック社代表・鈴木比佐雄氏、座馬寛彦さん、鈴木光影さん、松本菜央さん、その他、関係の皆様方に多大なる協力を得た。この場を借りて、すべての皆様方に心からの感謝の意を表する次第である。

東京・銀座３丁目の、生井利幸事務所・銀座書斎にて

生井利幸

２０２３年６月28日

I章

賢者と愚者

1 多くを欲しなければ、やがて多くを得る。

2 賢者は皆、他人ではなく、自分と闘う。真の賢者にとっての敵とは、自分の弱さである。

3

賢者は、自分を喋るよりも、相手を理解することに努める。

4

メール依存症は、現代人が抱える深刻な病気の一つである。

5

愚か者は、他人の時間を無駄にする達人である。

6

偽物は、偽物が好きである。

やることを絞れるかどうかで、人生が劇的に変わる。

〈考えるヒント〉
賢者は、〝絞る勇気〟を備えている。

8

凡人は、同じ過ちを二度犯した後に、三度目の過ちを犯す。賢者は、同じ過ちを二度犯すと、多くを達観し、三度目の過ちを犯すことはない。

〈考えるヒント〉
賢者は、経験から多くを学ぶ。

9

物質至上主義社会には、二つの知が存する。一つは、騒がしい知、もう一つは、沈黙を保つ知。賢者は、常に、沈黙を保つ知を最優先する。

10

繊細な人は自分の鈍感さについてわかるが、鈍感な人は〝自分の鈍感さ〟に気づくことはない。

11

理性的存在者は、一を聞いて十を知る。非理性的存在者は、十を聞いても一すらわからない。

12

譲る・譲れないの境界線は紙一重。

13

嘘は、それを長く放置しておくと、やがて取り返しのつかない事態を招く。

14

新しい信用を築くことよりも、一度失った信用を取り戻すことのほうが難しい。

15

伝家の宝刀は、それを使ってしまったら、価値が半減する。

〈考えるヒント〉

伝家の宝刀は、決して使ってはならない。宝刀を使ってしまうと、その瞬間、宝刀ではなくなる。人間同士のコミュニケーションにおいては、「それを言ったらおしまいだ！」という趣旨を表現する言葉がある。人に対して、「それを言ったらおしまいだ！」という言葉を発してしまうと、その相手と自分の間において、その言葉を発する直前まで存在していた「絆」が崩壊・消滅。再び、同じ「絆」を作るためには、それまで以上の「膨大なるエネルギー・時間」を必要とする。

16

やるべきことをやらないことからは、一事が万事において、ネガティブな結果しか生じない。

〈考えるヒント〉

わたくし生井利幸自身、世界の教養人・識者・成功者等から、「怠惰から、ポジティブな成果・結果が生まれた」という話を聞いたことがない（古今東西を問わず、偽物は、努力をしないで、あるいは、通るべきところを通らないで、良い成果・結果を得ようとする）。

17

愚か者は木を見て右往左往し、賢者は森を見て達観する。

18

欲で得ると、欲で失う。

19. 沈黙と嘘のあいだは、紙一重である。

20 今まで知らなかったことを知るよりも、〝自分は何も知らない〟という有様を知るほうが、さらに難しい。

21

極めて重要だとわかっていることを目の前にして、やるか・やらないかを迷う人は、大抵やらない。

22

真理の面前でさえ、やるか・やらないかを迷う人は、大抵やらない。

23

偽物は、通るべきところを通らずに、前に進もうとする。

〈考えるヒント〉

道は、「必要」があるからこそ、そこに存在する（必要がなければ、そこに道はない）。

24

道には二つある。一つは、やがて行き止まりのある道。そしてもう一つは、どんなに進んでも行き止まりのない道。行き止まりのない道を見つけ出し、その道を歩むのはごく少数。

25

言うことを聞かないあばれ馬を、やっとのことで水飲み場まで連れて行っても、あばれ馬は水を飲まない。

〈考えるヒント〉

愛情は、相手によっては、伝わるとは限らない。

26

崇高と滑稽は、まさに紙一重である。

〈考えるヒント〉

通常、人は、「崇高な境地」と「滑稽な境地」には、大きな相違があると捉える。しかし、崇高さは、緊急事態が生じると、突然、滑稽になることがある。現在、かりに、あなたが、「崇高な境地にいる人だ」と周囲の人々から捉えられていても、「自分は滑稽な存在者である」と考えてみてはどうだろうか。既に、かなり高いステージにいる人が、人生をもう一回、やり直すつもりで試みる再出発。これまでの人生においてかなり努力してきた人が、滑稽から再スタートすることで、残りの人生において、より高いステージに到達することができるに違いない。

27

絶好の好機にやらない人は、後になってもやらない。

28

甘い言葉と厳しい言葉。多くの人は前者に身を委ねるが、賢者は常に後者に倣(なら)う。

29

毎日の一秒一秒において正真正銘の真実として真っ直ぐ進んでいる人が、他者の面前で、〝本当は真っ直ぐ進みたい〟という言葉を発することはない。

〈考えるヒント〉

毎日、真実に生きている人が、「本当は……したい」と言うことはない。事あるたびに「本当は」と言い続けている人は、「その本当の中」に生きていない〝単なる夢想家〟である。

30

甘い言葉は悪魔の誘惑。厳しい言葉は天使の導き。

31

凡人は火の中に自分を見、非凡人は炎の中に自分を見る。

32　言わずに行動するのが賢者の常。

33　〝そのうちに〟とばかり言っている人は、そのうちに、それを行うことはない。

34

無知は、すべての価値を台無しにする。

35

言うだけ言って何もしないのが凡人の常。

36

偽物は自分の真偽を証明するために行動し、本物は自分が考えた正道を実現するために行動する。

37

やるべきことは、やるのみ。躊躇した時点で、既に先は見えている。

38

できないことをする必要はない。できることをする人が前に進む。

39

自尊心は、一事が万事において、厄介な問題を生じさせる源となる。

40

無知の様相には二つある。一つは、英知を与えられていない状態での無知。そして、もう一つは、英知を与えられた上での無知。

41

偏狭な我は、身を亡ぼす。

42

自分が自分を幸せと捉えれば幸せ。逆に、不幸せと捉えれば不幸せ。一事が万事において、自分が幸せかどうかを決めるのは、他人ではなく自分自身。

43

わかる人にはわかる。それで十分。

44

いつの世でも、偽物は偽りを好む。

45

欲張りになればなるほど、人間として大切なものが見えなくなる。

46

毎日の一瞬一瞬においてどのように時間を使うかで、未来が大きく変わる。

47

欲は破滅への道。無欲は幸福への道。

48

一流に触れることを人生の主目的とする人間は、実のところ、自分自身が三流以下の人間であり、偽物である。なぜならば、真の一流は、他人に対して二流・三流と捉え、差別することはないからだ。

49

敵は他人ではなく、自分の中に潜んでいる傲慢である。

50

愚か者は、十を聞いて一を知る。賢者は、一を聞いて十を知る。

51

本質的に人間存在を捉えるならば、人間は、自分の心の傷が多ければ多いほど他者の幸福を考えるようになり、自分の心の傷が少なければ少ないほど他者の幸福を考えないようになる存在者だ。

52

凡人は、未来に未来をつくろうとする。一方、賢者は、本日のこの時に未来をつくる。

53

凡人は大抵、先に進めば進むほど、さらに先ばかりを見たくなる。一方、知恵ある者は、先に進めば進むほど、さらに原点の意味を考えるようになる。

54

努力をしていない人には、前がよく見える。一方、毎日、究極的努力をしている人には、前があまりよく見えないものだ。

55

平凡人と非凡人の違いは紙一重。非凡人は、その紙一重が何であるか、わかっている人。

56

普通の人にとっての緊急事態は〝極めて緊急〟。一方、日常的に緊急事態に遭遇する人にとっての緊急事態は〝通常の日常的経験〟。

57

後になって後悔することがわかっていながら、〝今のこの一時に行動しようとしない〟のが凡人の常。

58

悪い行いをする人の目の中には、〝人を惑わし、そそのかす悪魔〟が住み着いている。

59

形はあってもよい。ただし、真実はこうである。凡人は形の中に道を見、賢者は形の外に道を見る。

60

凡人の常は、一事が万事において、〝凡人の思考の仕組み〟の中で思考するということだ。

61

常に輝き続ける人の典型は、普通の人が休みたいと思うときにこそ、自分を磨き続ける人である。

62

凡人は言うだけで動かないが、賢者は言わずに動く。

63

賢者は、明日に〝明日の質〟を変えるのではなく、
今日の今、それを変える知恵を備えている。

Ⅱ章

感性・知性と理性的存在者

64

昼間に目を閉じてみよう。目を閉じると、普段では見えないものが見えることがある。

65

毎日、自分の知性を磨き続けると、より美しい人間存在となることができる。

66

理性的存在者は、思索して咀嚼し、咀嚼して思索する経験を積み重ねる。

67

理性的存在者は、自身の行動について反省するだけでなく、心と精神の中で内省することにも重きを置く。

68

真の美には、〝五感で捉える美以上の美〟がそこに内在している。

69

心の内側で育んでいる花の美しさには、心の外側で遭遇するいかなる困難にも打ち勝つ力がある。

70

所作は、感性の洗練度の鏡である。

71

人生経験を積み重ねていくと、〝感じる〟ことの重要性についてしっかりと理解できるようになる。

72

識者は、「感覚の概念」と「感性の概念」を混同することはない。

73

感じる経験は、考える経験の基盤である。

〈考えるヒント〉
賢者は、「感じること」の重要性を知っている。

74

段階を踏まないで本質を伝えようとすると、失敗することがある。

〈考えるヒント〉
物事を理解するには、〃順序〃というものがある。

75

人は、海を越えた場所にある種の夢を抱くが、実際、海を越えても何もない。あるのは、〃正道を惑わす妄想のみ〃である。

油断しないように努力しているにもかかわらず新たに生じる油断は、単なる油断ではなく、〝本人が持つ性分〟である。

76

〈考えるヒント〉

性分は、簡単に改善できるものではない。

77　人生最大の敵の一つは、自分自身の甘えである。

78　本質に、〝新しい〟・〝古い〟はない。

79

同じものでも、捉え方次第で、その有様がかなり違って見える。

80

心を豊かにし、心のステージを上げると、心と精神の違いがわかってくる。

81

無教養・無見識が、最大の暴力を生むことがある。

82

梯子(はしご)は、登り降りするためだけでなく、渡ることにも使える。

83

底が見えることは幸いである。

84

物は、いずれ消滅する。しかし、人間の世が続く以上、精神は生き続ける。

85

成分を知った上で飲む薬と、成分を知らないで飲む薬の効き具合は相当違う。

〈考えるヒント〉
本来、無知に効く薬はない。

86

人は案外、自分の目の前の事物の様相を見ていない。

87

「感性」、「知性（悟性）」、「理性」は、それぞれ異なる概念・ステージである。

88

学びの道に躊躇はいらない。一事が万事において学ぶのみである。

89

目に見えるものは一時的に在るのみ。一方、目に見えないものは永遠に残り、輝かしく生き続ける。

90

頭ではなく〝腹〟で哲学すると、やがて何かが生まれる。

91

自分の足元を見ないで前ばかりを見ているとき、その見えている前は、実は本当の前ではない。

92

既に一回り(ひとまわ)した人が立ち戻る原点の意味と、一回りする過程を歩む人が立ち戻る原点の意味の間には、まさに、天と地ほどの相違が存在する。

93 花の美しさは、一瞬にして、人の心を洗う。

94 人は、輝く人に魅了される。

95

到達点の点にいきなり到達することは不可能である。到達点の点に到達するには、到達点まで通してくれるプロセスを通ることが必要不可欠である。

96

わかる人は、一言聞けばわかる。一方、わからない人は、何万回聞いてもわからない。この法則は、万国共通である。

97

具体的な知に到達する人は、無音の中で、ある種の醍醐味を経験する人である。

98

旋律の鮮度は、心の鮮度によって大きく変わる。

99

半永久性への道のりとは、無形から有形、そして、有形から無形への道のりである。

100

永久性への道のりとは、無形から有形、有形から無形、その後さらに、無形から有形、有形から無形へと、宇宙の時空間の範疇においてこの経験を繰り返していく道のりである。

101

もの の価値がわかる人にはわかり、わからない人にはわからないという様相は、まさに万国共通の人間の様相である。

102

今まで気づくことのなかったその事に気づいたとき、新しい第一歩が始まる。

103

数多くの嘘の中でも、〝本当のような嘘〟ほど、嘘の臭いがするものだ。

〈考えるヒント〉

日常的に、事あるたびに、でまかせの嘘をついている人ほど、この種の嘘の臭いには極めて鈍感である。

104

加減が齎す威力は、知識の量が齎す威力に勝る。知識の量を崇拝する人に、このことがわかる日が簡単に到来することはない。

105

感傷的になることは、時として美しい。

106

相手の顔の表情は、自分自身の真実の鏡である。

107

自分を世俗的な欲から完全に乖離させると、少しずつ、人間としての正道が見えてくる。

108

所作は、形としての所作のためにあるのではない。

109

人間は、自分が地域的環境が齎す一過性なる状態に支配されているという悲惨極まりない様相に気づいた時、その地域的環境が、〝自分自身を盲目にさせ、無意味な道を歩ませている〟、という真実を悟る。

110

近道だと考えて本質だけを学んでも、学んだ本質は、何ら、自分の血の中に入ることはない。真理への到達を目指すには、決して近道を考えず、「基礎の『基礎』」から、少しずつ、通るべき道を通る以外に方法はない。真理に到達した〝生身の人間〟は、すべて例外なく、この道を通っている。

111

底を知ろう。その理由は、底を知ると、さらなる底があることを知ることができるからだ。

112

人間は、実像と虚像のあいだを行ったり来たりする動物である。

113

叡智があれば、今この瞬間、飛行機を使うことなく地球上の何処へでも行ける。

114

物理的距離感と心理的距離感は、それぞれ異なる距離感である。

115

人間は、時として、真正面にある様相・真実に気づかないものだ。

116

見識の範疇の狭さは、心の範疇の狭さに直結する。

117

形は、脆く、いずれ崩壊する命運を背負っている。一方、本質は、崩壊することも消滅することもない。

118

同じ対象物でも、それを見る場所を少し変えるだけで、違うものに見える。

119

見えるものしか見えない人には、聞こえるものしか聞こえない。

Ⅲ章

今日の瞬間、明日ではない

120 時間が人間を待つことはない。

121 本日、〝明日はない〟と自分に言い聞かせながら精一杯頑張るならば、より良い明日を迎えることができる。

122 明日ではない。本日のこの瞬間において生きていられること自体が奇跡である。

123 本当に本気になれば、今日から自分を変えることができる。

〈考えるヒント〉

将来は自分を変えたいと考える人は、その将来が来たとき、同じように、「将来は自分を変えたい」と考える。

124

〝明日が来る〟という思い込みは、言うなれば、人間の傲慢さの表象である。

125

明日を迎えることができれば幸いだが、明日のことを考える前に、今日の今現在に感謝するばかりである。

126

明日のために今日を生きるのではなく、今日のために今日を生きる人が、より良い明日を迎える。

127

あと何年、何十年生きようとも、常に、人生最高の一日は、〝今日のこの日〟である。

128

今現在の一秒一秒における具体的経験が、直接、今後の人生におけるすべてに影響する。

129

明日が来るという想像は、言うなれば勝手な妄想である。一方、今日の今現在、一秒一秒を刻んでいるという経験は、誰も否定することのできない確かな真実である。

130

宇宙空間の時間で言えば、1秒と80年を比べたとき、そこに大きな違いはない。

131

〝もう後がない〟と自分に言い聞かせると、先が見えてくる。

132

人生の質は、常に、今現在の生き方次第で大きく変わる。

133

一日の質は、常に、今現在における自分の在り方次第で変わる。

134

昨日吹いた風と今日吹く風は異なるが、大地の存在自体は何ら変わることはない。

135

時や好機ではない。常に、〝今〟である。

136

無意識・無思索のうちに明日を迎える生き方は、人間の傲慢さの鏡。

〈考えるヒント〉

明日という一日は、今日の最後の一秒までを刻まなければやってこない。

137

通常、人は、先にはわからない。

〈考えるヒント〉

通常、人は、後になってわかってくる。

138

昨日から今日、今日から明日への道筋の如く、生から死への道筋もまた、同じ道筋である。

139

次の二つの時間の長さ、即ち、〝生きる長さ〟と〝体を使える長さ〟は大抵、異なる長さである。

140

次の機会があると思うことは、不確かな妄想。確実にあるのは、今のこの機会のみ。

141

間違いは、次に間違わないためのもと。

142

明日のことよりも、一秒先について注意を向けると、時間の刻み方の質が上がる。

143

過去は既に終わってしまった時空間であるが、そこにはより良い未来をつくるためのヒントがある。

144
後がないとは、先があるということだ。

145
愚か者は、一秒前の出来事にとらわれ、支配される。一方、知恵ある者は、一秒先を見据え、身を挺して何かを生む。

146

人生を変えるのは、能力や才能ではない。一事が万事において、継続的な努力そのものである。

147

明日よりも今日。とりわけ今日の今が肝心。

148

今日という一日の生の質は、そのすべてが、自分自身の行いによって良くも悪くもなる。

149

次をつくるのは次ではなく、今である。そして、今をつくるのは、今現在のこの一時である。

150

要領良くやろうとすればするほどに、その行いの質が低下する。

151

時が過ぎ去ることよりも、何もしないことのほうが恐怖である。

152

幸せの絶頂期に、その幸せの絶頂さを感じ取れる人は少ない。

153

一秒と一瞬の両者には、巨大な相違が実在する。

154

安心している時こそ、最も危険な時。

155

無理して全部やらなくても、一部を丁寧にやるとよい。一部を、時間をかけて丁寧にやると、全部に良い影響を及ぼすことがある。

156

明日から生まれ変わりたいと言う人は、その翌日に生まれ変わることはない。本当に生まれ変わる人は、生まれ変わることを決意したその瞬間に生まれ変わる人だ。

157

自分を改善する最良の時は、今現在のこの時。

158

高い境地にいる人ほど、常に自分の足元を見、溝に落ちないように注意を払っているものだ。

159

常に、〝今日を迎えられたこの事実〟こそが、人生最大のプレゼントである。

160

世の中には、二種の人間がいる。一種は、時間がなくてもやる人。そして、もう一種は、時間があってもやらない人。

161

今この現在を精一杯生きない人に、明日、今この現在以上の時が来ることはない。

Ⅳ章
失敗の経験と人間の底力

162

地球は、広大な宇宙空間に浮かぶ無数の小石の一つであり、人間は、その中の一つの小石に付着する埃である。

163

溢れるほどの情報に誘導・扇動され、無思索状態で右往左往し続ける毎日は、実は、〝一人の存在者として最も危険な毎日〟である。

164

人類は、成功よりも、実に数え切れないほどの失敗を経験して現代を迎えている。

165

人生経験を積んでいくと、〃一人の人間の底力〃の成り立ち、及び、その価値についてわかるようになる。

166

自分で自分を磨くのは普通の経験。他者が自分を磨いてくれるのは、この上ない特別なる経験。人間は、年を取り、他者が自分を磨いてくれることのないその日が到来したとき、他者から磨かれることの本当の価値・有難さについて知る。

167

他人が到達した達観を理解するには、どんなに時間がかかっても、その相手と同じ経験を積んでいくしかない。

168

無駄には二つある。一つは意味のある無駄、もう一つは意味のない無駄である。

169

限界の限界に挑戦すると、実はそこに、素晴らしい知の世界があることに気づく。

170

概して人は、自分は今どこに在るのか、という問題について無関心である。

171

言わないで誤解されるより、言って誤解されるほうが後悔はない。

172

人生経験を積んでいくと、底力の意味についてわかるようになる。

173

力だけでなく、底力がある人間は強い。

174

同じ失敗でも、やって失敗することと、やらないで失敗することの意味は違う。

175

情報の中に答えはない。答えは、自分の中にある。

176

恐怖心は、向上心を増加させる。

177
安心感が、可能性を腐敗させ、消滅させる。

178
後悔することに慣れ過ぎると、感覚が麻痺し、やがて、過ちを犯しても後悔しなくなる。

179

落とし穴とは、自分の欲と油断が引き寄せる代物である。

180

塩が塩気を失ったら、塩が塩として存在する意味が無くなる。

181

人は大抵、甘い嘘が好きである。しかし、甘い嘘は、人の時間を無意味に浪費させ、取り返しのつかない邪道・不正義の道へと扇動する。

〈考えるヒント〉

嘘は甘く、真実は苦い。この様相は、日本でも海外でも同じ様相である。自分にとって困難と思える助言を与える人が、自分を最も愛している人の一人である。人間社会の〝典型〟に生きる人のほとんどは、このことに気づかずに毎日を送っている。

182

いかなる時代においても、情報（情報操作）に誘導・扇動・操作されるのが大衆の常。

183

騒音の中に道はない。道は、無音から湧き上がるものだ。

184

悩みがあるということは、より良く生きたいという確かな証である。

185

人には案外、考えようとしないことがある。それは、この世の中に楽だけをして生きている人はいないということだ。

186

人は皆、間違いを犯しながら学んでいく。

187

人生は訓練である。訓練を重ねる人だけが前に進み、自己を発展させることができる。

188

美味しいところだけをつまみ食いする経験は、その後、その美味しさを作り出すことには繋がらない。

189

生きるのか、あるいは、生きるに生きるのか、この問題には二層の構造が存在する。

190

遥か遠い場所にではなく、自分の足下にこそ、前に進むためのヒントがある。

191

長い階段を上るとき、素早く上ろうとして一段飛ばしして上り続けようとすると、途中で息切れし、同じ方法では上れなくなる。

192

問題・課題は、遥か遠い場所にあるのではなく、意外にも自分の足下にある。そして、このことに気づく人は極めて少ない。

193

叱られるという経験は、自己を成長・発展させる最大の機会の一つである。

194 通るべきところを通らずに生むことはできない。

195 人間が持つ病の一つは、常に争いを探し求めていることだ。

196

慣れるまでが大変。しかし、慣れた時こそが最大の注意を要する時。

197

無音の意味を知ることは、独自性を生み出す源泉を知ることである。

198

有っても、在ることを命で捉える人は少ない。

199

普通の人が捉えるどん底よりももっと低い底があることを知っている人は、自分がどん底を経験した程度では、自身の生き方にぶれが生じることはない。

200

人は、必要な試練として、天から試されている。だが、凡人は、天から試されていない時、試されていると捉え、その一方、天から試されている時、天からの祝福として与えられたその試練を捉えることができない。

201

雨は必要だ。しかし、毎日、雨が降ると、雨の意味がわからなくなる。

202

人間は、物事がうまくいけばいくほどに、本来、人間として大切なことを忘れがちになる。

203

総じて、限界とは、極めて地域的である。

204

苦い経験ほど、人を成長させる。

205

人は、人を愛し始めた時、同時に、いずれお互いを傷つけ合う宿命を背負う。

206

個人も国家も、常に、争うための理由を探し続けている。

207

地域性から離れた観点から捉えると、この世から次の世への道程は、同じ一直線上にある。

208

善は急げ。同時に、悪についての〝善処〟も急げ。

209
難は、あればあるほど良い。

210
建物は、外から見る印象と、中に入った時の実際が異なることが多い。

211

体裁に支配されれば足踏み。恥をかけば前進。

212

入る門が広ければ広いほど、入った後に見る風景は、狭く陳腐なもの。一方、入る門が狭ければ狭いほど、入った後に見る風景は、広大で美しいもの。

213

〝生の長さ〟と〝生の質〟は、比例しない場合が多い。

214

近くにいると相手のことがわからない。遠い存在になって初めて、相手のことがわかるようになる。

215

前に進めない人は、失敗を恐れる人である。

216

油断が、〝一瞬にして〟、自分がつくってきたすべてを滅ぼすことがある。

217

困難は、前に進むための道程である。

Ⅴ章

孤独と創造

218
何かをつくる人は、日々、孤独の中にある。

219
いつの間にか、我を忘れてやっていることが、本当に自分がしたいことだ。

220

本気でやりたい人は、今すぐやる。

221

人生経験が調整力をつくる。

222

未来像とは、言うなれば、人間の思い込みである。人間が未来に経験する現実は、人間が作り出すものだ。

223

汗を流さずに無条件で入れる門は、門であって門ではない。

224

ゆっくりと慎重に急ぐ行為は、慌ただしく不注意に急ぐ行為とは違う。

225

どうせ後悔するならば、何もしないで後悔するよりも、トコトンやった上で後悔したほうがよい。

226

わからなくなったら、〝良し〟としてみよう。なぜならば、わからなくなることは、やがて、わかるようになるための過程であるからだ。

227

歩くだけでなく、歩んでみよう。

228

後味が悪いと感じたら、それを放置しておくのではなく、自分から前向きに動いてみよう。

〈考えるヒント〉

建設的に動けば、次第に、後味の悪さは消滅する。

229

品格とは、言葉からではなく、行動から感じ取られる代物である。

230

正義は、言葉で言うだけでなく、それを実際の行動として行って初めて、意味と価値が生じる。

231

待っていても人は動かないが、自分が積極的に動けば人も動く。

232

理想郷とは、待ち続けるものではなく、自分の努力で自ら作り出すものである。

233

好機は、好機にしかやってこない。

〈考えるヒント〉

好機に次はない。

234

作家の使命の一つは、〝大衆が考えない事柄・問題〟について考え、大衆に対してより妥当な道筋を示すことだ。

235

時間を無駄にしない秘訣は、たった今考えたことを、今すぐに実行することである。

236

決断しても、それを行わなければ意味がない。

237

多くを語って何もしないよりは、少なく語って、語った分だけ確実に行うほうがよい。

238

何もしないことは、恐怖そのものである。

239

安心・安全の下で胡坐(あぐら)をかき、今できることをしない人には、決して賦与されることはない。身を挺して、今の自分にできることを全力で行うことが、賦与されるための第一歩となる。

240

人間であっても、〝人間的〟であるとは限らない。

241

言葉が命を発するのではなく、命が言葉を発するのだ。

242

道は、歩くのみである。少しでも歩けば、それは価値ある前進。歩かなければ、何も変わらない。

243

美辞麗句を並べるよりも、無言で正しい行いができるようになると、生の質が大きく変わる。

244

上るより、下りるほうが難しい。

245

〝迅速、且つ、厳格に行動する〟という様相と、〝慌てる〟という様相は、根本的に異なる様相である。

〈考えるヒント〉

（非理性的に）慌てて行動すると、かえって、さらなる時間が必要となることがある。

246

言っても、相手は変わらない。だが、行動で示すと、やがて相手に伝わり、相手が変わる。

247

結果とは、過程における一つの到達地点である。

248

命は、与えられたもの。一方、命の質は、自分でつくるもの。

249

人間は、様々な人生経験を積みながら、「実行することの高貴さ」を自分の命で捉えるようになる。

250

スポーツの世界を見れば一目瞭然だ。厳しい指導を受けることなしに勝利を重ねる選手は皆無である。

251

現実と非現実の違いとは、言うなれば、やって経験したか、それとも、やらなくて経験しなかったかの違いである。

252

言葉は、行動よりも少な目のほうが良い。

253

信用とは、言葉ではなく、行動で築くものだ。

〈考えるヒント〉

無責任な人ほど、美辞麗句が多く、実際の行動が少ない。

254

〝忙しい〟を理由にして何もしない人は、実は、忙しいのではなく、それをしようと努力しない人である。

255

偏屈は破滅に繋がり、素直さは創造に繋がる。

Ⅵ章　真実を知る存在者

256

火の如く燃え立つ熱情は、本来持っている能力を超越させる。

257

真の人間としての存在者とは、〝自分自身、本来の人間として与えられた時間について、それを意味ある方法で使っていない〟という真実を知る存在者である。

258
真の指導者は、人間が持つ可能性を現実にするだけではない。真の指導者は、第一に、人間が内に秘めた潜在性を表に出し、第二に、表に出た潜在性を可能性に変貌させ、その可能性を現実にする。

259
真実に生きてみよう。真実に生きれば、必ず、その真実が残る。

260

簡単につくった友人関係は、実に簡単に崩壊する。

261

悩みのない生き様よりも、悩みがある生き様のほうが、より美しく感じる。

262

概して、人は、他人が自分をどう見ているかを気にする。しかし、真に大切なことは、自分が自分をどう見ているかという問題だ。

〈考えるヒント〉

他人は、案外、自分を見ていない。他人も、自分自身のことで精一杯である。

263

心の中に曇りがない人は、何事も、真っ直ぐに取り組むことができる。

264

人間は、他人から逃げられても、決して自分からは逃げられない。だからこそ、自分の真実に生きてみよう。

265

限りなき熱情を礎とする能力は、本来の能力を超越する。

266

油断の源は油断ではなく、心の中で無意識のうちに生じる高慢である。

267

地上における絶好の好機とは、「神から賦与された祝福」である。

268

些細な事でも、放置しておくと、後に大事（おおごと）になる。

269

言うだけでなく、伝えなければ意味がない。

270

平常時ではなく、緊急時に人間の真実が露見する。

271

正道とは、〝正しいことを行う道〟であり、決して、人から評価されるための損得の道ではない。

272

善い行いをするとき、遅い・早いは関係ない。

273

心を豊かにすれば、既に持っている知識の質が劇的に向上する。

274

神聖の道とは、神聖について知る前に、まず第一に、自分自身の真実を知る道である。

275

嘘の生き方は後に崩壊。一方、真実の生き方に永遠が宿る。

276

熱情は能力を超越する。

277

人の本性は、出会ったときではなく、別れるときに露見する。

278

挨拶には二つある。それは、始まりの挨拶と終わりの挨拶。始まりの挨拶は、仮面をかぶった挨拶。終わりの挨拶は、人間の本性が露見する挨拶。

279

真実は、感じる範疇に静かに潜んでいる。

280

雑多・雑音から乖離した完全なる集中状態のみに、究極的境地への道筋が現実存在する。

281

真実は、理屈の中にではなく、情の中に存在するものだ。

282

一度でも、他人の心の中の誠心誠意を踏みにじったら、いつの日か、自分自身が心の中の誠心誠意を踏みにじられる日がやってくる。

283

伝えたい人に伝わらない。私は、だからこそ、伝え続ける。

284

真の美しさは、〝自分自身の美しさに気づかない美しさ〟に在る。

285

自分の目の前にいる人の顔の表情は、時として、今現在の自分の真実を表すものだ。

286

人は時として運命について考えるが、天命について考えることはほとんどない。

287

毎日の生き方を改善すると、少しずつ言葉の使い方を改善することができる。

288

命をはって生きるのではなく、〝命を生きる人〟に躊躇はない。

289

自分が落ちている、という真実に気づけることは幸いだ。なぜならば、世の中には、この真実に気づかずに生きている人が大勢いるから。

290

自然な心を取り戻せば、必ず道がある。

291

本物は、〝真の道は、前に進めば進むほど、その幅が狭くなる〟という理を達観している。

292

誠実は、時として真実に勝る。だがこれは、〝真実は永遠不変である〟という真理を自己の命で捉えている者にだけ成り立つ理法である。

293

真心が、物事の質をつくる。

294

何事においても、それを始めた最初の時を思い出すと、〝自分の歩みの真実〟を知ることができる。

295

〝心の中心核に存在する熱情〟は、〝頭の中の計算〟を遥かに超越する。

〈考えるヒント〉

〝熱情〟は、〝計算〟（損得勘定）を超越する。

296

真理の中に自己の生が現実存在する存在者同士の間では、〝例えば……〟という言葉を発する必要性は皆無である。

297

道に迷ったら、それ以上先に進むことなく、今まで通ってきた道を戻ってみよう。

298

普通の幸せを、幸せと捉えなくなったとき、不幸への道に入っていく。

299

真理に、新しい・古いはない。

300

〝無の境地〟に勝る高貴な境地はない。

解説　若者たちが「賢者」となるための「名言・警句・箴言集」
——生井利幸『賢者となる言葉　三〇〇篇』に寄せて

鈴木比佐雄

1

生井利幸氏は、明治大学大学院法学研究科公法学専攻博士前期課程を修了した後に、アメリカやオランダの大学で公法学の研究と教鞭を執られ、米国の企業経営にも参画していた。帰国後にも「比較法学的に世界各国における基本的人権保障についての研究」を続けている。さらに長年、経験し思索してきたことを、学問・文化・芸術などの多様な観点から、すでに数十冊以上の書籍として刊行している。生井氏の行ってきたその全体像を紹介することは多岐にわたり、たやすいことではない。しかし本書『賢者となる言葉　三〇〇篇』を読み通せば、生井氏が古今東西の思想・哲学者から学び、生井氏が現実の欧米や世界中の人びととの交流から得た人類的な知恵や真実の言葉に生きることの意味を心の奥底に感受するに違いない。

本書の三〇〇篇の特徴は、フランスの哲学者のパスカル『パンセ』やアラン『幸福論』のような名言・警句・箴言（しんげん）、ドイツの哲学者のニーチェ『人間的、あまりに人間的』のようなアフォリズム（aphorism、啓示的で真実を暗示する言葉）などと言われる、人間存在の本質を洞察する突き詰めた表現方法である。生井氏にとっては本書をどのようにも名付けられ、どのように解釈されても構わないし、むしろ自分の問題提起した言葉に刺激を受けて、多くの若き読者に自らの存在や他者の存在を深く考え思索して、より良き人生を生きて欲しいと願って本書をまとめたのだろう。私は生井氏の言葉が温かで内省的で真実を告げる言葉であり、「名言・警句・箴言集」であり、読者を思索に導くための根源的な「アフォリズム集」であると考えている。

本書は次のようにⅠ章「賢者と愚者」、Ⅱ章「感性・知性と理性的存在者」、Ⅲ章「今日の瞬間、明日ではない」、Ⅳ章「失敗の経験と人間の底力」、Ⅴ章「孤独と創造」、Ⅵ章「真実を知る存在者」に分かれている。このⅠ～Ⅵ章の番号が振られた三〇〇篇を通して、生井氏は自らが長年思索してきたことを根源的に問うゆえに、一切の忖度なしに、ある意味で挑発的にもなって読者の心や精神に鋭く問いかけてくる。

2

Ｉ章「賢者と愚者」では、「賢者」と「愚者」という存在者の違いがなぜ生まれるのか。内なる「賢者」と「愚者」の関係を明らかにしていく。冒頭「1」を引用する。

《1　多くを欲しなければ、やがて多くを得る。》

この「警句」では、人間存在がこの地球という世界に投げ出されてきて、何が最も大切なことなのかを明らかにしている。必要最低限の欲求で生きていくという謙虚さを持たなければ、将来には決して「多くを得る」ことは出来ないと告げている。生井氏は人類が自らの無尽蔵の欲望を満たすために地球環境を消費し、他の生物を絶滅種、絶滅危惧種にしてきた経済活動やその人間中心主義の考え方に否を突き付けている。欲望を喚起させる物質的なもの以外の価値に人類が気付けば、もっと異なる多くの精神的な富や本来的な自然の富を守ることができると語っているのだろう。その意味でこの「多くを欲しなければ、やがて多くを得る。」は、人間の本来的に内面にあるべき謙虚さを取り戻し、破壊されつつある地球の未来を生きるために最も胸に刻むべき「警句」であるだろう。

《2　賢者は皆、他人ではなく、自分と闘う。真の賢者にとっての敵とは、自分の弱さである。》

この「2」は、本書のタイトルの中にもある「賢者」とは何かを明確に位置付けている。「真の賢者」とは、「自分の弱さ」という敵と絶えず闘い続けている者だと言う。生井氏は内面の中に敵と味方がせめぎあい、格闘しているさまを自覚せよと語り掛けている。つまり「自分の弱さ」である「敵」を知ることが、「賢者」になるための原点であると言う。それはギリシャのソクラテスの名言「汝自身を知れ」を、生井氏は「自分の弱さを知れ」と言うように「2」の新たな表現で今日的に甦らせていると思われる。

次に他者への畏敬の念を伝える「4」と「5」を引用したい。

《4　メール依存症は、現代人が抱える深刻な病気の一つである。》

《5　愚か者は、他人の時間を無駄にする達人である。》

「4」で生井氏は、スマホやパソコンなど様々な通信機器でメールを送り送られてくる現代人のライフスタイルが「メール依存症」であり、「深刻な病気の一つである」と警鐘を鳴らす。その根本原因が、あまりにも手軽に「他者の時間」を無駄にする可能性に満ちており、何らの罪悪感もなしに、「他者の時間」を奪って他者が思索して何かを創造する「孤独」な時間から遠ざけることを恐れるのだろう。その「他者の時間」を奪うことに対して無自覚な者を生井氏は「愚か者」と命名する。「賢者」が自らの内面と対話し、時には内面の格闘を経験する貴重な時間を生きているのに対して、「愚者」は「他者の時間」を奪っても恥じない自己中心的な存在者であり、また組織の目的のために「他者の時間」を収奪することに加担することを使命とする存在者なのだろう。メディアが「絆」とか「つながる」ことを正しいという先入観を持つことは、多くの人びとから「孤独」な時間を奪う可能性があることを認識すべきだろう。この「5」が告げていることは、「賢者」と「愚者」にとって時間をどのように考えるかを根本的に明らかにしているだけでなく、読者にとってもその問いは他人事ではなく鋭く突き刺さってくると考えられる。生井氏の時間論の背景には、二十世紀の名著である『存在と時間』でハイデッガーが試みた、非本来的な時間を生きざるを得ない実存の在りようと、「先駆的覚悟性」などの根源的時間を取り戻そうとする人間存在の在りようがせめぎあう現代人の内面を分した哲学の影響が私には感じ取れる。

以上のことを踏まえるとⅠ章の最後の「63」の生井氏の時間に関する創造的な考えは理解できる。

《63　賢者は、明日に〝明日の質〟を変えるのではなく、今日の今、それを変える知恵を備えている。》

生井氏は、「今日の今」を精一杯生きて、未来を「変える考えを備えている」者こそが「賢者」であると告げている。

3

Ⅱ章「感性・知性と理性的存在者」では、哲学で論じられてきた「感性・知性（悟性）・理性」を内在させている存在者が、いかにそれらを有効活用すべきかを問いかけている。

《64　昼間に目を閉じてみよう。目を閉じると、普段では見えないものが見えることがある。》

《65　毎日、自分の知性を磨き続けると、より美しい人間存在となることができる。》

《66　理性的存在者は、思索して咀嚼し、咀嚼して思索する経験を積み重ねる。》

《67　理性的存在者は、自身の行動について反省するだけでなく、心と精神の中で内省することにも重きを置く。》

《68　真の美には、〝五感で捉える美以上の美〟がそこに内在している。》

《72 識者は、「感覚の概念」と「感性の概念」を混同することはない。
《73 感じる経験は、考える経験の基盤である。〈考えるヒント〉賢者は、「感じること」の重要性を知っている。》
《87 「感性」、「知性（悟性）」、「理性」は、それぞれ異なる概念・ステージである。》
《116 見識の範疇の狭さは、心の範疇の狭さに直結する。》
《119 見えるものしか見えない人には、聞こえるものしか聞こえない。》

これらの十篇を読むと、生井氏がどのように世界や事物や他者との関係などを感受し、認識し、思索し、美的な存在を直観し、美しい存在者になろうと試みるか哲学的な基礎を辿ることができるだろう。認識論において五感を駆使した感受性は最も基本的なものだが、生井氏は昼間に目を閉じると、目に見えないものを見ることができると言う。それは心や精神で見えてくる美しい存在なのだろう。人間存在は見たものだけでなく、背後にある見えないものを直観する能力があると生井氏は語っている。

「64」と「119」は一読すると同じようなことを語っているように思われるが、目を閉じて目に見えないものを見ようと試みないと、「119」の「見えるものしか見えない人」になってしまうという「警句」を込めているように思われる。そうならないために、「65」の「毎日、自分の知性を磨き続ける」ことを実践すれば、「美しい人間存在」になるだろうと背中を押している。「賢者」は「美しい人間存在」であり、次の「66」の「理性的存在者」でもあるのだろう。生井氏は、「今日の今」を生きることによって、読者に自らが発見する多様な「賢者」を促しているに違いない。

生井氏は、きっと感性や経験を重視するイギリスの経験論と知性や理性を重要視するフランスの合理論の双方を検証し批判し融合させながら、感性・知性（悟性）・理性の領域やその関係性やその働きを明らかにしていったカントの『純粋理性批判』・『実践理性批判』・『判断力批判』を基本にして、「87」の《「感性」、「知性（悟性）」、「理性」は、それぞれ異なる概念・ステージである。》のような人間の心や精神の働きを意識させようとする「箴言」として提示している。カントの「感性」、「知性（悟性）」、「理性」の働きを知ることは、実は自分の内面を分析すれば、日々その働きをしており、決して難しいことではなく、五感を駆使し、また「五感で捉える美以上の美」を求めて、「美しい人間存在」になるためにはカントのような哲学の問いが必要なことなのだと、生井氏は告げているのだろう。直観による感性が経験となるためには、経験を超えて主観に内在している範疇（カテゴリー）の形式を通して初めて経験となる。その範疇によって様々な推理やその根拠を辿り、その根拠を基にして判断を下す理性の働きが、心や精神を豊かにさせている。「67」の《理性的存在者は、自身の行動について反省するだけでなく、心と精神の中で内省することにも重きを置く。》とは、例えばカントの批判哲学的な基礎をベースに、現実の様々な場面で推理し判断をして、さらに内面の批判を行い、心や精神を鍛えていく姿勢を語っているように考えられる。その「理性的存在者」とは、「感性」と「知性（悟性）」の機能と限界を見極めて、今日に何をなすべきかを理性的に判断をするために、心と精神に深く問いかけて、自分実現だけでなく他者の幸せを願って行動する存在者の在りかを示しているのだろう。

4

Ⅲ章～Ⅵ章以降の重要な言葉を引用し、一部を解説しておきたい。

Ⅲ章「今日の瞬間、明日ではない」では、今日という有限な時間を創造的な「瞬間」に転換させるすべを心や精神に届けようとする。

《121　本口、〝明日はない〟と自分に言い聞かせながら精一杯頑張るならば、より良い明日を迎えることができる。》

《122　明日ではない。本日のこの瞬間において生きていられること自体が奇跡である。》

《155　無理して全部やらなくても、一部を丁寧にやるとよい。一部を、時間をかけて丁寧にやると、全部に良い影響を及ぼすことがある。》

「明日はない」、「この瞬間」、「一部を丁寧にやる」という言葉と読者が対話し思索することを生井氏は願っているのだろう。私には生井氏の「この瞬間」は、ハイデッガーの根源的時間の構想「反復―瞬間―先駆」から影響を受けているように感じられる。

「この瞬間」が過去を「反復」し、現在を「瞬間」に変えて、「良き影響」を未来に与える「先駆」となることを背後に暗示しているように考えられる

Ⅳ章「失敗の経験と人間の底力」では、宇宙・世界・社会に投げ出された人間存在が、どのようにこの多様な社会で生きるべきかの根源的な了解を伝えてくれている。
《162 地球は、広大な宇宙空間に浮かぶ無数の小石の一つであり、人間は、その中の一つの小石に付着する埃である。》
《175 情報の中に答えはない。答えは、自分の中にある》
《195 人間が持つ病の一つは、常に争いを探し求めていることだ。》
《217 困難は、前に進むための道程である。》
人間は、地球という小石に付着する「埃」であるとか、「常に争いを探し求める」修羅のような存在であるとか、また情報社会で彷徨う現代人への本質的な「警句」が鋭く発せられている。

Ⅴ章「孤独と創造」では、立ち還るべき「孤独」の持つ創造性を示している。
《218 何かをつくる人は、日々、孤独の中にある。》
《219 いつの間にか、我を忘れてやっていることが、本当に自分がしたいことだ。》
《235 時間を無駄にしない秘訣は、たった今考えたことを、今すぐに実行することである。》
《241 言葉が命を発するのではなく、命が言葉を発するのだ。》
「孤独」でなければ本来的な「瞬間」が訪れないことは明らかであり、その「瞬間」に創造性が宿ることを語り、「本当に自分がしたいこと」をすべきであり、その時こそ「命が言葉を発する《瞬間》」だと生井氏の思索の言葉は伝えている。

Ⅵ章「真実を知る存在者」では、自分だけが「賢者」、「美しい人間存在」、「理性的存在者」になるのではなく、他者にもその可能性を提示する境地を記している。

《256　火の如く燃え立つ熱情は、本来持っている能力を超越させる。》
《258　真の指導者は、人間が持つ可能性を現実にするだけではない。真の指導者は、第一に、人間が内に秘めた潜在性を表に出し、第二に、表に出た潜在性を可能性に変貌させ、その可能性を現実にする。》
《259　真実に生きてみよう。真実に生きれば、必ず、その真実が残る。》
《300　〝無の境地〟に勝る高貴な境地はない。》

「燃え立つ熱情」が「能力を超越させる」、「内に秘めた潜在性を表に出し」、「真実が残る」、高貴な「無の境地」などの精神性が存在者に及ぼす有力な働きを生井氏は、問い掛け続けて、最終章を終える。このような世界の思想・哲学から現代社会の実践的な知恵を含んだ本格的な「名言・警句・箴言集」・「アフォリズム集」を哲学などに関心のある人びとだけでなく、若者たちが「賢者」になることを願って、記された本書を多くの若者たちが読み取って、生井氏の言葉と深い対話をしてもらいたいと願っている。

著者

生井利幸（なまい　としゆき）

長年、米ペンシルベニア州ラフィエット大学講師等を歴任し、帰国。
現在、作家。

［略歴］

1964年2月6日生まれ。明治大学大学院法学研究科公法学専攻博士前期課程修了。その後、米オクラホマシティー大学大学院にて研究を続ける。財団法人参与、米ペンシルベニア州ラフィエット大学講師、オランダ王国国立フローニンヘン大学法学部客員研究員等を歴任。11年の海外生活において大学で教鞭を執る一方、ニューヨークにて企業経営に参画。日本に帰国後、独立。比較法学的に世界各国における基本的人権保障についての研究を続ける一方、学問・文化・芸術的観点から、執筆・講演等を通して精力的に本質的メッセージを発信。現在、生井利幸事務所代表、国際教養塾塾長、生井利幸事務所所管・英語道弟子課程代表、その他、企業等の顧問を歴任。

主な著書は、『賢者となる言葉　三〇〇篇』（コールサック社）、『箴言　光がみえる言葉』（ストラール出版）、『哲学の礎』（善本社）、『文明の墓場　哲学詩』（成隆出版）、『エレガント英語７４』（とりい書房）、『話し方の達人』（経済界）、『人生に哲学をひとつまみ』（はまの出版）、『ちょっとだけ寂しさを哲学すると元気人間になれる』（リトル・ガリヴァー社）、『能天気思考法』（マイクロマガジン社）、『ビジネスでガイジンに勝てる人、負ける人』（飯塚書店）、『妻を愛するということ』（WAVE出版）、『あの人はなぜバリバリと働けるのか？』（同文舘出版）、『その壁は、ちょっとのことで超えられる』（こう書房）、『発想力で新時代を生きる』（ライフ企画）、『30代の仕事の技術』（あさ出版）、『本当のアメリカを知っていますか』（鳥影社）、『仕事に活かす雑談の技術』（同文舘出版）、『酒の飲み方で人生が変わる』（はまの出版）、『喧嘩上手がビジネスで勝ち残る』（はまの出版）、『日本人が知らない米国人ビジネス思考法』（マイクロマガジン社）等。

生井利幸事務所・銀座書斎
〒104-0061
東京都中央区銀座3-14-2　第一はなぶさビル5F
TEL　03-3547-6044
FAX　03-6278-7930
生井利幸公式サイト　http://www.toshiyukinamai.com

賢者となる言葉　三〇〇篇

2023年7月29日初版発行
著　者　生井利幸
編　集　鈴木比佐雄・内田美江子
発行者　鈴木比佐雄
発行所　株式会社 コールサック社
〒173-0004　東京都板橋区板橋 2-63-4-209
電話 03-5944-3258　FAX 03-5944-3238
suzuki@coal-sack.com　http://www.coal-sack.com
郵便振替　00180-4-741802
印刷管理　(株) コールサック社　制作部

装幀　松本菜央

落丁本・乱丁本はお取り替えいたします。

ISBN978-4-86435-578-0　C0095　￥2000E